Renate Sültz & Uwe H. Sültz

AF200537

Warten im Wartezimmer

mit spannenden Krimis

„Der Nächste bitte!"

BoD- Books on Demand

Norderstedt 2017

Bibliografische Information durch die Deutsche
Nationalbibliothek

Die Deutsche Nationalbibliothek verzeichnet diese
Publikation in der Deutschen Nationalbibliografie;
detaillierte bibliografische Daten sind im Internet über
http://dnb.dnb.de abrufbar.

Herstellung und Verlag:

BoD – Books on Demand, Norderstedt

ISBN 9-78374-4-89592-7

Inhalt:

"Der Nächste bitte!"

Wir haben für Sie auch Tagebücher.
Hier das Pflegetagebuch.

Drei Freundinnen auf Ganovenjagd

Wie immer war es im Wartezimmer von Dr. Lorenz sehr voll. Beate musste eigentlich nur ihr Rezept abholen, aber auch diese Aktion dauert länger. Zu ihren beiden Freundinnen sagte sie: „Wartet doch bitte vor der Praxis auf der Bank. Das Wartezimmer ist oft überfüllt und bei diesen heißen Temperaturen ist es besser so." „Ist OK!", sagte Iris. Beide holten ihr Smartphone heraus und surften im Internet. Nach dem Abholen des Rezeptes wollten die drei 16-jährigen Freundinnen noch in die Eisdiele.

Beate hatte Glück, nicht etwa, dass sie das Rezept sofort erhielt, sie bekam noch einen Sitzplatz. „Guten Morgen!", sagte Beate fröhlich. Der Gruß wurde verhalten erwidert. Über das Smartphone gab sie ihren Freundinnen gleich Bescheid, wie der Stand der Dinge ist. Nun schaute sie sich in der wartenden Runde um. Die jüngere Generation hatte den Kopf leicht nach unten gerichtet, mit Blick auf Smartphone und Co., die ältere Generation unterhielt sich untereinander und zeigte voller Stolz das edle Geschmeide aus Gold, Silber und Perlen. Wie sich alles so geändert hatte. Beate wäre gar nicht auf diese Gedanken gekommen. Ihr Opa brachte sie darauf. „Früher war alles anders.", sagte er. „Früher konnten wir noch direkt miteinander sprechen. Und wenn wir zum Herrn Doktor mussten, dann wurden die Schuhe gut geputzt.", so Opa weiter. Beate schaute noch einmal in die Runde. Oma Wuttke trug Schlappen, die kannte Beate noch aus der Straße, in der sie als Kind wohnte. Vielleicht waren es sogar diese Schlappen? Oma Wuttke ist ganz schön auseinander gegangen. Etwas anderes als Schlappen konnte sie nicht mehr anziehen. Die junge Generation, auch Beate, trug Turnschuhe. Die ältere Generation doch schon geputzte Schuhe oder Schlappen eben. Beate schaute sich die wartenden Patienten an, weil sie sich gerade an ihren Opa erinnerte. Aber einer war unter den Patienten, der passte nicht ins Bild. Er richtete sein Smartphone immer wieder auf ältere Patientinnen und sprach dann mit jemandem am anderen Ende. Es gab dann immer ein „OK?" oder „OK!". Er saß Beate genau gegenüber. Sollte er das Smartphone auf Beate richten, so würde Beate Einspruch erheben, denn fremde Menschen darf man nicht fotografieren.

„Frau Müller ist die Nächste! Bitte Zimmer 2!", ertönte es aus dem Lautsprecher. Frau Müller, verwitwet, besaß bis vor 8 Jahren das Juweliergeschäft in der Rosenstraße. Mit Schmerzen stand sie auf und verabschiedete sich von ihren Sitznachbarinnen. Drei weitere Patienten bekamen ihre Rezepte ausgehändigt. 2 neue Patienten nahmen Platz. Eine trug eine riesige Goldmünze an einer Goldkette. Sofort zückte der für Beate verdächtige junge Mann sein Smartphone und fotografierte sie. Ein „OK!" kam aus dem Lautsprecher. Das war für Beate doch nun höchst verdächtig. Sie tat so, als würde sie ihre Freundinnen kontakten. Richtete das Smartphone in einem günstigen Moment auf die verdächtige Person und schoss ein unerlaubtes Bild.

„Herr Grompe bitte in Zimmer 1! Und der kleine Max kann mit seiner Mutter schon vor dem Zimmer 2 warten!", ertönte es wieder aus dem Lautsprecher. In diesem

Augenblick kam Frau Müller aus dem Behandlungszimmer und fragte an der Rezeption nach einem neuen Termin. Jetzt stand der Verdächtige, aus Beates Sicht, auf und verließ die Praxis. Frau Müller verließ ebenfalls die Praxis.

Zwei neue Patienten betraten im selben Augenblick die Praxis. Plötzlich hörten Beate und andere Patienten einen Hilferuf. „Hilfe! Hilfe! Ein Dieb!" Zweimal rief jemand diesen Hilferuf. Das Personal lief sofort aus der Praxis, gefolgt von Patienten. Plötzlich konnten auch die wieder gehen, die vorher stark gehumpelt haben.

Beate aber kombinierte. Sie schickte ihren Freundinnen, die immer noch vor der Praxis auf der Bank warteten, das Bild des Verdächtigen. „Wenn der aus der Praxis kommt, dann verfolgt ihn unauffällig. Sagt mir dann immer wo ihr gerade seid. Ich rufe die Polizei.", rief sie ins Smartphone. Tatsächlich kam der Verdächtige aus dem Ärztehaus gestürmt. Jetzt ging er mit schnellen Schritten auf den naheliegenden Bahnhof zu. Die beiden 16-jährigen Luise und Iris folgten ihm. „Beate, er läuft auf den Bahnhof zu!", schrie Luise ins Smartphone. Beate rief schon die Polizei. Nun rief sie nochmals an: „Kommen sie bitte nicht zur Praxis. Fahren Sie zum Bahnhof. Meine

Freundinnen verfolgen den Dieb." Die Polizei fuhr mit zwei Streifenwagen aus. Der eine fuhr zur Praxis, der andere zum Bahnhof.

Der Dieb überlegte wohl nicht lange. Er sprang in den abfahrenden Zug nach Münster. Er schien für immer geflohen zu sein. Luise fotografierte den Einstig und den Abfahrtsanzeiger. Er zeigte an, dass der Zug bis Münster ohne Zwischenstopp durchfuhr. Sofort gab Luise die Bilder per WhatsApp an Beate. Beate leitete die Bilder sofort an die Polizei weiter.

In der Zwischenzeit waren Polizei und Krankenwagen vor Ort. Frau Müller hatte Schürfwunden. Sie bekam kein Wort heraus. Alle anderen bemerkten den jungen Mann nicht und konnten nur wenig aussagen. „Eine Jeans trug er, dazu ein rotes Shirt." „Nein, blau war es mit weißen Sportschuhen." Mit diesen Angaben hätte die Polizei natürlich nichts anfangen können. Die Bilder der Mädchen waren jetzt Gold wert. Der Streifenwagen am Bahnhof setzte mit Blaulicht seine Fahrt in Richtung Münster fort. In Münster stellten die Beamten mit Hilfe der Beamten aus Münster den Ganoven.

Beate, Iris und Luise wurden in der Praxis gefeiert und bekamen eine hohe Belohnung von Frau Müller. Sie lässt jetzt ihren Schmuck doch lieber im Tresor.

"Der Nächste bitte!"

Der nächste Krimi stammt aus dem Buch
"6 knisternde Kurzgeschichten - KRIMI"

Der letzte Tee

Nun saß er in seinem geliebten Lehnstuhl, trank dabei einen heißen Tee. Earl Grey war sein Lieblingstee, so wie er jeden Tag von Josefine, seiner Hausangestellten serviert wurde. Seinen Blick richtete er auf den See. Er sah auf seine Yacht, einige Million Euro an Wert. Der Garten des herrlichen Anwesens war wunderbar gepflegt. Der Duft der Rosen drang bis zu ihm und ließ den Tee noch besser schmecken. Ein Mann, der in seinem Leben alles erreicht hatte, 67 Jahre alt, eine schöne Zeit wartete noch auf ihn, auf Herrmann Degrothe.

Sein Imperium baute Degrothe mit eiserner Hand auf. Sehr schnell ging es bergauf, er diktierte wo es langging. Mit seiner ersten Frau Sonja hatte Herrmann Degrothe zwei Kinder, Frank und Georg. Schon sehr früh erklärte er ihnen den Erfolgsweg des Geldes. Degrothes Ehefrau Sonja hätte die Söhne lieber auf den Weg der Güte, der Liebe und der Ehrlichkeit geschickt. Aber Herrmann setzte sich durch.

Nun saß also Herrmann Degrothe vor dem geöffneten Fenster, trank seinen Tee und erfreute sich an den Rosen, besser, an seiner Jacht, nein, er erfreute sich an seiner Macht. „Macht, die er auf

Geschäftspartner, auf Angestellte, ja, sogar auf seine Familie ausübte." So schrieb es Sonja in einem Abschiedsbrief, den sie Barbara, Herrmanns jetziger Ehefrau, heimlich zukommen ließ. Sonja merkte schon frühzeitig, dass Herrmann ein Auge auf ihre Schwester Barbara geworfen hatte.

Herrmann Degrothe hatte von Anfang an vor, dass Sonja nur Kinder gebären sollte, am besten vier Jungen. Nach dem zweiten Kind ließ sich Sonja sterilisieren, das war ihr Todesurteil. Systematisch tyrannisierte Herrmann seine Frau. Jeder Tag wurde für Sonja zur Qual. Frank und Georg wurden angehalten, mehr aus den

Geschäften herauszuholen. Für einen Hungerlohn zwang ihr Vater sie, erfolgreich zu sein und zu betrügen. Am Anfang des Geschäftslebens, als Sonja noch an Liebe dachte, schien alles gut zu laufen. Beide schrieben frühzeitig ihr Testament. Übertrugen alles gegenseitig. Herrmann war auch noch einverstanden, dass im Falle eines Versterbens von beiden, die zwanzig Jahre jüngere Barbara als Erbin eingesetzt würde. Das lag nun alles vierzig Jahre zurück. Vor drei Jahren kam Sonja bei einem Unfall ums Leben, zumindest stand es so in den Polizei-Akten. Das Ehepaar Degrothe kam auf ihrer Jacht in ein Unwetter, Herrmann kehrte allein zurück. Spekuliert wurde bis heute. Barbara kam zur Trauerfeier aus Rom in das Haus ihres Schwagers. Ihre kleine Wohnung konnte sie ohne weiteres ein, zwei Wochen allein lassen. Anhang hatte die hübsche junge Frau nicht. Sie trauerte im Haus der Degrothes. Bereits am zweiten Tag veränderte sich Barbara. Sie wurde schlapper, lustloser und müder. Herrmann war sehr zuvorkommend, verwöhnte sie mit köstlichem Tee. Die junge Frau ahnte nicht, dass sie mit Drogen vollgepumpt wurde. Bereits nach drei Monaten zwang Herrmann sie zur Heirat. Völlig willenlos sagte Barbara leise „Ja" zum Standesbeamten. Man könnte denken, das damals verfasste Testament ließe sich doch einfacher aus dem Weg räumen. Nein, daran dachte Herrmann nicht mehr, er wollte die junge Frau als Eigentum, als Hörige. Mittlerweile flüchteten Frank und Georg aus den Firmen und der Macht des Vaters. Dem Druck hielten sie nicht mehr stand. Frank erfuhr, dass bei einem Immobiliengeschäft sein Vater einen Mitkonkurrenten aus dem Weg räumen lassen hatte. So gierig wurde Herrmann Degrothe im Laufe der Zeit. Heute arbeitet Frank als Buchhalter, Georg als Steuerberater. Natürlich in einem anderen Land. Wo genau, das wusste niemand. Barbara ereilte eine Hautallergie, eine unangenehme Sache, denn es juckte schrecklich. Geistesgegenwärtig stellte sie ihre

Nahrung um. Von nun an trank Barbara viel Wasser und aß nur trockenes Brot. Nach vier Wochen fühlte sie sich wie neu geboren. Herrmann verwöhnte sie wieder mit Tee, in den er die Drogen mischte. Nur durch Zufall bemerkte Barbara das Röhrchen mit dem weißen Pulver. Gab es noch mehr davon? Barbara durchsuchte das Haus. Sie wurde fündig. Das Pulver schmeckte leicht bitter, außerdem hatte sie ein betäubendes Gefühl auf der Zunge. Was sollte Barbara nun tun? Neuerdings war die Eingangstür verschlossen, vor den frei herumlaufenden Rottweilern im Garten hatte sie Angst. Josefine war ihre Rettung. Barbara wollte ihr eine Nachricht zukommen lassen. Sie setzte sich an den

Schreibtisch ihrer verstorbenen Schwester, suchte Papier und Schreiber. Eine Kopie des Testaments lag unter allen Papieren, sowie eine Nachricht an Barbara. „Wenn du das liest, liebe Schwester, dann bist du so verzweifelt wie ich es war. Ich wollte einen Abschiedsbrief schreiben, dachte dann aber, warum soll ich mein Leben opfern. Ich wollte das Schwein umbringen..." Die ganze Lebensgeschichte war notiert, alles, aber auch wirklich alles kam ans Tageslicht. Aber, der letzte Satz war beängstigend: „Geh' nicht zur Polizei, das Schwein lässt dich umbringen, er hat Mittelsmänner. Er ließ mich auch ständig überwachen. Bring das Schwein um und lebe mit dem Vermögen mit meinen geliebten Söhnen in Frieden. Bitte spende etwas an ‚Frauen in Not' und ‚Menschen mit Drogensucht', du wirst es schon richtig machen. Hinter dem Schreibtisch findest Du Gift. Deine Schwester Sonja."

...

Herrmann saß immer noch auf seinem Lehnstuhl, blickte zur Jacht, genoss seinen Einfluss und seine Macht. Langsam schloss er die Augen, das Gift wirkte. Dieses Mal hatte er etwas im Tee. Dr. Dresen stellte lediglich einen Herzinfarkt fest.

Melodie des Todes

Die Davidwache ist die Hauptwache auf der Reeperbahn. Parallel dazu befindet sich etwas versteckt eine kleine Polizei-Dienststelle, die erst vor kurzem ins Leben gerufen wurde. Sie ist nur für die Herbertstraße zuständig, denn Mord- und Todschlag ist auf der Bordellstraße zu einem gewohnten Bild geworden.

Hauptkommissar Harry Scholz, seine Kollegin und rechte Hand Margot Wilmsen, sowie der Kollege Fred Sälzer haben sich vorgenommen, an diesen schrecklichen Verhältnissen etwas zu ändern. Harry Scholz, 56 Jahre alt und Junggeselle, hat schon seit längerer Zeit ein Verhältnis mit

Margot. Margot sieht noch toll aus für ihre 53 Jahre. Sie ist Witwe. Der Mann starb vor ein paar Jahren an einer Krankheit. Vorläufig soll ihr Verhältnis auch ein Geheimnis bleiben. Kommissar Fred Sälzer ist ein redlicher Familienvater von zwei kleinen Jungen. Seine Frau hat panische Angst, dass ihm etwas passieren könnte, doch es ist nun mal sein Job. Jedes Mal sagt er ihr das, wenn er morgens ins Büro fährt. Nun ja, wie dem auch sei, an diesem nebligen Freitagabend im November wurden sie mal wieder von Pistolenschüssen jäh an die Realität erinnert.

Conny Jakobs, eine ältere Edelnutte auf der Herbertstraße, wurde mit mehreren Schüssen in ihrem Bett bestialisch niedergestreckt. Weshalb ausgerechnet Conny dran glauben musste, weiß keiner. Nun war es die Aufgabe des neuen Teams, der Herbertstraße, den Fall zu klären. Zuerst einmal war sehr viel Aufklärungsarbeit nötig. Hauptkommissar Harry Scholz sicherte den Tatort und die Leute von der Spurensicherung gingen eifrig zur Sache. „Mensch, gerade Conny, die immer pünktlich ihre Steuern zahlte und regelmäßig den Arzt aufsuchte, musste sterben.", sagte Fred Sälzer. „Nein, nein, da müssen noch andere Dinge im Spiel sein.", murmelte er vor sich hin.

Die Spurensicherung ergab kurze Zeit später, dass vor dem Schuss ein Kampf stattgefunden haben musste. Unter den Fingernägeln der Toten fand man Hautreste mit Make-up– Spuren, aber auch Fetzen von einer schwarzen Strumpfhose. Margot Wilmsen meinte, dass dies noch kein Beweis sei um einen Verdacht zu äußern. „Fest steht aber, dass ein gehöriges Stück Arbeit auf uns wartet.", sagte Hauptkommissar Harry Scholz. „Jeder aus diesem Milieu könnte dafür in Frage kommen.", meinte Fred.

An diesem schmuddeligen Freitag, war ordentlich Betrieb auf der Herbertstraße. Fred Sälzer, Harry Scholz und Margot

Wilmsen hatten eine schwierige Aufgabe zu lösen. Mit diesem Mord könnten tausend andere Dinge verknüpft sein. Die Etablissements in den Erotikbereichen waren voll ausgelastet. Das Lokal Safari war brechend voll. Die Kommissare betraten das Lokal. Alles wurde totenstill. Die Musik verstummte und die Tänzerinnen auf der Bühne suchten Schutz in den hinteren Räumlichkeiten. Offensichtlich war, dass sich dieser Mord herumgesprochen haben musste, wie sonst wäre dieses Verhalten erklärbar gewesen. Im Laufe der Befragungen stellte sich heraus, dass Conny Jakobs auch in der SMS gut mitmischte. Es stellte sich unter anderem heraus, dass sie zu allem

Überfluss noch Drogenhandel betrieb. „Warum setzte sie sich nicht einfach zur Ruhe, alt genug war sie schließlich?“, meinte Margot. Drogenabhängige waren überall zahlreich vertreten. Da waren die Untersuchungen hier nicht ganz einfach. Wir müssen noch einmal das Etablissement von Conny durchsuchen, denn ich bin davon überzeugt, dass wir dort einiges finden werden.“, meinte Fred Sälzer. Fred nahm seinen Job sehr ernst, denn er wollte seine Frau und die Kinder nicht enttäuschen. Der Rubel musste schließlich rollen. Am anderen Morgen durchsuchten alle akribisch Connys Habseligkeiten, bis auf den kleinsten Winkel. „Ach, übrigens liebe Margot, wie wäre es denn mal wieder mit einem Date?", zwitscherte Harry Scholz und schaute sie verlegen von der Seite an. „Hast du eigentlich keine anderen Probleme, lass uns erst mal unsere Arbeit tun, dann sehen wir weiter.", entgegnete Margot etwas genervt. „Kommt mal alle her, es ist nicht zu glauben.", rief Fred Sälzer seinen Kollegen zu. In einer raffiniert getarnten Ecke im Kleiderschrank lagen mindestens 30 Tütchen mit Kokain. Die Kommissare waren perplex. Das hätten sie von Conny Jakobs nicht gedacht. Sie machten sich auf den Weg wieder zur Herbertstraße. Auch klapperten sie alle SM- Lokale ab. Alle weiblichen und männlichen Prostituierten wurden befragt.

Genauestens wurden alle Aussagen aufgenommen. Sie stießen dabei auf Gina Schäfer. Sie war noch nicht sehr lange auf der Bordellstraße tätig. Jedoch war sie in höchstem Maße Drogenabhängig. Kratzspuren an den Beinen, die sehr tief in die Haut hineingingen, machten die Beamten neugierig. Nach langer zäher Befragung knickte die junge Frau überraschend schnell ein. Sie kam mit der Sprache heraus und sagte unter Tränen: „Ich wollte das alles nicht, ich weiß nicht welcher Teufel mich an diesem Abend geritten hat." Weiter sagte sie: „Ich brauchte dringend Koks und obwohl Conny wusste, dass es mir finanziell nicht so gut geht, hat sie sich stur angestellt und die

Herausgabe des Zeugs verweigert. Irgendwie habe ich ihr immer das Geld gezahlt, auch wenn es später war. „Aber verdammt noch mal, das ist doch kein Grund einen Menschen umzubringen.", sagte Hauptkommissar Harry Scholz. „Wo haben sie eigentlich die Waffe her?", wollte Scholz wissen. „Ich hatte keine, die lag da einfach so herum.", erwiderte die Mörderin. Sie sagte: „Bitte glauben sie mir, ich wollte das alles nicht." „Nun ist es leider zu spät für reumütige Sprüche.", sagte Margot. Die Täterin wurde abgeführt. Noch nie hatten die Kommissare einen Fall, der so schnell gelöst wurde. „Ich glaube, in Zukunft werden wir noch viel hier erleben." meinte

Fred. Tage später nahm Conny dann doch die Einladung von Harry an. Die Kommissare waren zufrieden, gaben sich die Hand und meinten: „Wir schaukeln das Ding hier schon, nicht wahr Leute?"

"Der Nächste bitte!"

Wir haben für Sie auch Tagebücher.
Hier der Medikamenten-Plan
mit Blutdruckkontrolle

Mein Pillen-Buch

Medikamenten-Plan & Blutdruckkontrolle

Renate Sültz & Uwe H. Sültz

Sültz Bücher

Unaufgeklärt? Gibt es bei mir nicht...

„Mein Name ist Frank Riller, mein Dienstgrad ist Kriminalkommissar. Ich bin verheiratet und habe zwei Kinder. Im Reihenhaus in Werne wohnen wir bereits 8 Jahre. Es ist nicht weit zum Schwimmbad, so kann ich vor Dienstbeginn noch ein paar Bahnen schwimmen. Man wird ja nicht jünger. Manche Ganoven werden aber wohl immer jünger. Da muss man schon mal einen Sprint hinlegen, um den Typen zu stellen. Nun ja, soviel zu meiner Person. Und machen sie sich bitte nicht auch noch Lustig über meinen Namen, denn alle in der Dienststelle sagen hier „nur der Riller fasst immer den

Killer!". Warum ich mich hier melde? Na, dann lesen sie mal meinen Fall!"

„Guten Morgen, Herr Kollege!", rief Holger Dreier, Kriminalkommissar. „Guten Morgen, Holger.", erwiderte Frank. „Und? Fasst Riller heute den Killer?" „Nein, heute gibt es keinen, Werne ist sauber. Erinnerst du dich noch an den Schabrowsky, Ulf Schabrowsky?" „Ja klar, dein Nachbar, seine Frau wurde doch erschossen." „ Ja, stimmt. Jetzt ist er vollständig gelähmt. Armer Kerl. Heute Abend wollen wir seine Wohnung ausräumen. Er ist völlig blank." „Na dann, viel Spaß, Frank."

Was war damals passiert? In den Akten steht: „Ich, Kriminalkommissar Frank Riller, und Kriminalkommissar Holger Dreier wurden zum Tatort in der Gneisenaustr.6 in Werne gerufen. Beim Eintreffen fanden wir eine geöffnete Haustür vor. Im Flur lag etwa 35 jähriger Mann mit einer Schussverletzung am Kopf. Er war leblos. Auf der Treppe zur nächsten Etage lag eine blutüberströmte Frau. Es handelte sich um die Hausbesitzerin Helena Schabrowsky. In der ersten Etage saß ihr Ehemann Ulf Schabrowsky auf einem Stuhl. Er stand unter Schock. In der Hand hatte er eine nicht registrierte Handwaffe. Die weiteren Ermittlungen ergaben, dass nach Aussage von Ulf Schabrowsky, Ulf Schabrowsky durch ein lautes Geräusch wach wurde. Seine Frau schlief im zweiten Schlafzimmer. Ulf Schabrowsky ist schwerbehindert und kann nur noch wenige Schritte gehen. Dies überprüften wir durch die vorgelegten Atteste. Ulf Schabrowsky nahm seine 9mm-Waffe, die nicht angemeldet war, ein Verfahren wurde eingeleitet, und schleppte sich in den Flur. Er sah eine Gestalt die Treppe heraufkommen. Ulf Schabrowsky rief nach seiner Frau und danach: „Stehen bleiben oder ich schieße!" Ulf Schabrowsky meinte ein Geräusch aus dem zweiten Schlafzimmer gehört zu haben, somit vermutete er seine Frau dort. Gleichzeitig schoss er. Sekunden später ertönte ein zweiter Schuss. Es musste sich also ein zweiter Täter in der Wohnung befunden haben. Die Suche nach dem zweiten Täter blieb erfolglos. Ulf Schabrowsky wurde nicht bestraft, er handelte, laut Richter, in Notwehr. Ein weiteres Verfahren wegen unerlaubtem Waffenbesitz steht noch an. Fall geschlossen. Frank Riller"

Nun, das liegt mittlerweile 8 Jahre zurück. Frank Riller zog gerade frisch verheiratet in das Nachbarreihenhaus von Eheleute Schabrowsky ein. Seine Frau, Beate Riller, konnte keine Angaben über die Schüsse geben. Sie und ihre

Freundinnen trafen sich zum regelmäßigen Kegelabend.

Auf jeden Fall wird heute Abend die Wohnung von Ulf Schabrowsky geräumt. Um 17 Uhr war der Dienst der beiden Kriminalkommissare beendet. Frank traf sich mit 5 Helfern aus der Nachbarschaft im Haus von Schabrowsky. Einige Möbel fehlten, eben das, was sich in einem Heim unterbringen lässt. Persönliche Dinge wurden auch schon geräumt, so dass die sechs Männer alles auf die Straße stellen konnten. Gegen 6 Uhr morgens würde dann der Sperrmüll alles entsorgen.

Frank war gerade mit dem ehemaligen Ehebett fertig. Es wurde in Einzelteile zerlegt und auf die Straße getragen. Ein Helfer hob die Kleiderschranktüren aus den Angeln, als beide einen metallischen Gegenstand hinter dem Schrank fallen hörten. „Was war denn das? Hat Ulf etwa hinter dem Schrank eine Leiche versteckt?", flachste Helfer Gerd. „Es hörte sich schon eigenartig an. Da fiel etwas Schweres.", sagte Frank. Die Beiden zerlegten nun vorsichtig den Schrank. Brett für Brett. Nun die Hinterwand. Rums! Ihnen fiel ein Gewehr förmlich vor die Füße. Weitere Gegenstände lagen verstaubt auf dem Boden hinter dem Schrank. Frank rief sofort seinen Kollegen Holger an: „Holger, ich bin es. Hast du Zeit?" „Ja, klar!"

„Dann bringe bitte einen Kollegen mit. Ich habe in Schabrowskys Wohnung eine weitere Waffe gefunden."

Holger Dreier und Dirk Ahrens, der sich gerade im Dienst befand, fuhren zu Schabrowskys Haus. Die drei Beamten stellten alle Teile sicher. Da der Tatort bereits so gut wie leer geräumt war, konnten die anderen Helfer ihre Arbeit fortsetzen. Die Beamten fuhren zur Dienststelle. Alle gefundenen Gegenstände wurden auf einem Tisch ausgebreitet.

Es lagen nun auf dem Tisch: 1 Gewehr, Kaliber 8, diverse Kabel, 1 Infrarot-Kamera mit Halterung für das Gewehr, 1 selbstgebauter elektromechanischer

Abzug, 1 Antenne, 1 Sendemodul, 1 Empfangsmodul für den Fernseher und ein altes Handy.

„Das glaube ich jetzt nicht. Dieser Fuchs.", sagte Frank Riller. Auf das Gewehr steckten sie die Kamera, der originale Abzug wurde durch einen selbstgebauten elektrischen ersetzt, er löst per Funk aus. Der Sender überträgt das Signal der Kamera zu einem Fernseher. Ist die Person im Ziel, so löst man per Funk den Abzug aus. „Also hat Schabrowsky nicht nur seine Frau erschossen, sondern auch den Einbrecher. Vielleicht war es gar kein Einbrecher. Aber da waren ja Einbruchsspuren. Die könnte Schabrowsky auch selbst gemacht haben. Nein, es war so: Der Einbrecher öffnete die Tür, Schabrowsky sah ihn auf seinem Fernseher. Als er im richtigen Augenblick in Kimme und Korn stand, drückte Schabrowsky auf den Auslöser. Der Schuss traf den Einbrecher im Kopf. Danach nahm er die Pistole und erschoss seine Frau.", schlussfolgerte Frank Riller. „Tja, so wird es gewesen sein. Und warum? Ich werte mal die Daten auf dem Handy aus.", sagte Holger Dreier.

Nach einigen Stunden stand der Grund der Tat fest. Auf dem Handyspeicher war zu lesen: „Kannst jetzt kommen, mein Alter schläft, ich gab ihm Schlaftablette. Bin geil auf Dich. Tür ist offen."

Die Ermittlungen begannen aufs Neue, Mord verjährt nie. Riller fasst eben immer den Killer!

"Der Nächste bitte!"

SONDERDEZERNAT HÖRNUM 1

macht Ernst auf Sylt

Spannende Kriminalfälle von List bis Hörnum

Sültz Bücher

Autorenteam Sültz auf Sylt

Der nächste Krimi stammt aus dem Buch
"Sonderdezernat H1 auf Sylt macht Ernst"

Inseldiamanten

Es war kein Blitzüberfall in Kampen. Nicht einmal eben mit der Knarre rein, Geld raus und abhauen. Von der Insel kommt niemand unerkannt. Schon gar nicht in den 1970'er Jahren. Außerdem kannte Kriminalhauptmeister Werner Feddersen alle. Also so ging es nicht. Die 5 Männer haben sich wirklich gut vorbereitet. Sie wussten auch, was Feddersen für ein harter Hund war. Also musste es eine perfekte Vorbereitung sein. Im Sommer kamen also 5 Männer getrennt auf die Insel. Mit Bahn und Auto, getarnt als Urlauber. Der Eine mit Koffer, der Andere mit Rucksack, sogar mit einem alten

Kinderwagen. Am Strand von Westerland bereiteten sie ihren Coup gründlich vor.

Zunächst kundschafteten sie alle Juweliere auf der Insel aus. Wie waren die Türen gesichert, wie viele Angestellte gab es, wie waren die Geschäftszeiten, und so weiter. Fündig wurden sie bei Theo Müller in Kampen. Juwelier Müller war auch Goldschmiedemeister. Er fertigte viele schöne Schmuckstücke aus Gold für seine Kundschaft ganz individuell an. Da kam es nicht auf einen Tausender an. Hauptsache von der Insel sollte es sein. Theo Müller hatte immer eine gute Reserve Feingold auf Lager.

Außerdem wurden die Männer noch in Westerland fündig. Sie studierten auch dort die Alarmanlage und die Schlösser.

Als nächstes mieteten die 5 Männer ein Ladenlokal in Westerland. Viel Werbung wurde betrieben, um auf das neue Geschäft aufmerksam zu machen. In großen Buchstaben stand der Name über dem Geschäft: AUKTIONSHAUS & ANTIQUITÄTEN BERND HASEN

Nun organisierten sie zur Neueröffnung in 3 Wochen eine Verlosung. Lose wurden gedruckt, Plakate aufgehängt und sie selbst verteilten die Lose bei den Geschäftsleuten. Natürlich könnte man sie jetzt erkennen. Aber der Name Bernd

Hasen kommt nicht von ungefähr. Die Männer traten natürlich im Hasen-Kostüm auf.

Wie konnte man es sich anders denken, die großen Hauptgewinne viele auf beide Juwelier-Geschäfte. Die Hauptgewinne waren ein Urlaub in den Bergen vom 22.12. bis zum 2.1. des Jahres. Die Geschäftsleute waren überglücklich... endlich einmal Urlaub über die Feiertage.

Verkleidet als Sicherheitstechniker besuchten sie die Juweliere, um die Alarmanlagen zu kontrollieren. Außerdem boten sie den Geschäftsleuten an, für nur 80 Mark eine tägliche Kontrolle durchzuführen. Das war natürlich ein

Schnäppchen, sowie eine totsichere Absicherung.

Der Tag der Abreise kam. Mit einem Magnet simulierten die Ganoven nun einen Fehlalarm. Die Alarmanlage konnte daher nicht eingeschaltet werden. „Was soll ich jetzt nur machen? In 2 Stunden geht der Autozug aufs Festland.", fragte Theo Müller aufgeregt am Telefon. „Machen sie sich keine Sorgen, Herr Müller. Unsere Wachleute und der Techniker sind in etwa 3 Stunden bei ihnen. Wenn sie am Urlaubsort angekommen sind, werden sie von der Rezeption informiert, dass alles in Ordnung ist."

Alles nahm seinen Lauf. Mühelos waren die 5 Ganoven im Kampener Geschäft. Aus allen Schmuckstücken wurden nun die Brillanten herausgehebelt. Sie wurden in Muschelschalen gelegt und mit Wachs übergossen. Das Gold schmolzen die Ganoven und gossen es in Metallreservekanister. Jetzt ging es nach Westerland. Hier folgten die gleichen trainierten Handgriffe. Brillanten raus... Muschelschalen mit Brillanten und Wachs füllen... Gold schmelzen... Benzin-Kanister ins Auto bringen und nix wie weg.

Irgendwie hatte Theo Müller doch ein ungutes Gefühl. Gerade deswegen, weil er seine Konkurrenz aus Westerland ebenfalls am Hamburger Flughafen traf. „Meine Alarmanlage ist ausgefallen.", sagte er. „Meine auch.", sagte sie. Vom Flughafen aus rief Theo Müller sogleich in Hörnum an: „Hallo. Hier Müller, Theo Müller. Bitte Herrn Kriminalhauptmeister Feddersen bitte. ... Werner, hier Theo. Bitte überprüfe einmal mein Ladenlokal und das von Gerda Kolrep in Westerland. Wir haben einen schlimmen Verdacht."

Sofort machte sich Kriminalhauptmeister Werner Feddersen mit seinen Kollegen auf den Weg. Natürlich stellten sie sofort den Einbruch fest. „Hier liegen jede Menge Muschelschalen im Papierkorb, Chef. Sie sind mit Wachs gefüllt. Was sollte das werden? Konnte hier vor der Abreise keiner putzen?", fragte Polizeibeamter Dirk Nolte. Kriminalobermeister Hamelau schaute Werner Feddersen an und sagte: „Mensch Werner, die haben die Brillis in die Muscheln eingewachst." Kriminalhauptmeister Werner Feddersen reagierte sofort. Er schnappte sich das Funkgerät: „Achtung! Großeinsatz! Lasst sofort den Autozug und die Fähre sperren. Niemand kommt von der Insel! Alle verfügbaren Kräfte teilen sich auf."

Feddersen nahm sich den Autozug vor. Gerd Hamelau fuhr sofort nach List zur Fähre. Feddersen schaute rein zufällig auf einen Ford Transit. „Der ist ja echt sportlich tiefergelegt. Den überprüfen wir zuerst." Und tatsächlich standen Kisten mit Muscheln und jede Menge Benzin-Kanister im Laderaum.

Ja, Kriminalhauptmeister Werner Feddersen bekam sie alle... niemand kommt unbemerkt von der Insel Sylt runter.

"Der Nächste bitte!"

Wir haben für Sie auch Tagebücher.
Hier das Schmerz-Protokoll.

Die Tote im Hafen

Jeden Morgen geht Horst Klinke mit seinem Golden-Retriever Gassi. Sein Weg hängt vom Wetter ab. An einem Sonnentag nimmt er den Gang am Beversee in Rünthe, bei Regenwetter geht es zum Sportboothafen Marina Rünthe.

An diesem Tag im Oktober regnete es. Randy, der Golden-Retriver, wurde ungeduldig, zog an der Leine, wollte wohl auf etwas aufmerksam machen. Es war so etwa am Ende des Hafens. Auch wenn sich Horst Klinke noch so umschaute, er fand nichts in den Büschen oder auf den Booten. Bis auf... er sah im Kanal in weiter Entfernung einen Schuh schwimmen. Der könnte wohl von Deck gefallen sein. Oder auch nicht, denn etwas weiter sah er ein Kleidungsstück. „Morgen Horst, nach was hälst du denn Ausschau?", fragte Herbert Neumann, Motorboot-Besitzer. „Guten Morgen Herbert. So früh schon hier? Ich sehe dort etwas im Kanal.", antwortete Horst. Beide gingen den Steg entlang zu Herbert Neumanns Anlegeplatz. „Ach herrje! Da vorn... siehst du es? Eine Leiche.", sagte Herbert. „Ich rufe sofort die Polizei.", so Horst Klinke.

Es dauerte nicht lange, da standen zwei Beamte vor den Männern. „Guten Morgen die Herren. Mein Name ist Frank Riller,

Kriminalkommissar, und das ist mein Kollege Holger Dreier, ebenfalls Kriminalkommissar. Eigentlich ist das Sache der Dienststelle Bergkamen, aber wir waren ganz in der Nähe. Was liegt an?", fragte Frank Riller. Holger Dreier rief: „Ich sehe das Problem schon. Gehört einem von ihnen hier ein Boot?" „Mir", antwortete Herbert Neumann. „Dann lassen sie mal ihr Beiboot ab.", so Kriminalkommissar Dreier. Riller und Dreier stiegen in das Schlauchboot und steuerten die Leiche an. Sie zogen sie auf den Steg. „Mein Gott, so eine junge Frau. Ich rufe die Sanitäter und einen Leichenwagen.", ordnete Frank Riller an. Danach befragten die Beamten noch

Herbert Neumann und Horst Klinke. „Was nun?", fragte Holger Dreier. „Ich denke, wir werden den Hafen absperren und uns mit weiteren Kollegen jedes Boot vornehmen müssen.", so Frank Riller. Gesagt, getan. Schnell wurde der Hafen abgesperrt und 12 Beamte durchsuchten alle Boote. Es dauerte nur etwa eine Stunde, da war ein Boot mit Blutspuren gefunden. Außerdem lag der zweite Schuh an Deck. „Na, den Fall werden wir schnell klären.", meinte Frank Riller. „Denke ich auch, denn Riller schnappt immer den Killer.", flachste Holger.

Der Obduktionsbericht ergab, dass die junge Frau mit einem Messerstich getötet wurde. Es handelte sich um Carola M., 16 Jahre. Das Boot gehört Ernst Zschupp. Er ist Besitzer von zwei Waffengeschäften. Die Beamten machten sich auf den Weg, um Ernst Zschupp zu befragen. Kriminalkommissar Frank Riller schellte an Zschupps Haustür. Ein völlig verstörter Mann öffnete die Tür und sagte: „Woher wissen sie davon?" Riller stutzte und sprach: „Wovon sprechen sie? Sind sie Herr Zschupp, Herr Ernst Zschupp?" „Ja, der bin ich. Kommen sie herein meine Herren." Noch bevor die Kommissare ihr Anliegen vorbringen konnten, begann Ernst Zschupp zu reden: „Gestern kam ein Schreiben hier an, ich solle mich ruhig verhalten. Man hat meinen Sohn Peter gekidnappt. Keine Polizei, ansonsten ist er tot." „Zeigen sie uns bitte das Schreiben.", forderte Holger Dreier. „Sie fordern zwei Millionen Lösegeld und diverse Waffen.", las Dreier vor.

In Werne wurde die Sonderkommission „Marina Rünthe" gegründet. Die Suche nach Fingerabdrücken blieb erfolglos, ebenfalls die Suche nach einem Absenderort. „Nun, dann wird es wohl einen Boten geben.", überlegte Holger Dreier. „Genau, Herr Gerber, verlassen sie eine Hausüberwachung, und das rund um die Uhr.", ordnete Frank Riller an.

Zwei Tage später gab es erste Resultate. Ein neuer Brief traf ein. Ein Beamter folgte dem Überbringer. Lediglich das Nummernschild konnte er sich merken, denn die AMG-Luxuskarosse war für den Beamten viel zu schnell. Wie zu erwarten war das Nummernschild gestohlen. Der Brief wurde geöffnet: „Wir fordern zwei Millionen Euro und die Waffen, die auf der Rückseite aufgeführt sind. Der Treffpunkt ist in genau 48 Stunden auf dem ersten Parkplatz der A1 nach dem Kamener-Kreuz in Richtung Münster. Parken sie vor der Behindertentoilette rechts neben dem weißen Transporter. Tauschen sie dann mit dem Fahrer die Autoschlüssel und befreien sie ihren Sohn. Ihr Sohn ist für uns kein loyaler Geschäftspartner gewesen. Er hat auch sie jahrelang hintergangen. Als illegaler Waffenhändler, war er in Ordnung, aber hätte niemals eine Affäre mit der Tochter unseres Geschäftspartners Wladimir M. anfangen dürfen. Vor allem hätte ihr Sohn Carola M. nicht umbringen dürfen. Alles Weitere wird ihnen die Polizei erklären können."

„Das sind ja Mafiamethoden!", rief Frank Riller in die Runde. „Wir müssen uns vorbereiten.", sagte Holger Dreier.

Der Übergabetag stand an. Zwei Millionen Euro und die Waffen lagen in Zschupps schwarzer C-Klasse. Langsam steuerte er auf den Treffpunkt zu. Der Transporter stand dort bereits. Zschupp stieg voller Angst aus, aus dem Transporter stieg ein

Mann im Overall mit Kappe. Sie tauschten die Wagenschlüssel. Mit quietschenden Reifen fuhr der Mann im Overall auf die Autobahn in Richtung Münster. „Zugriff!", schrie Kriminalkommissar Riller ins Mikrofon. Ein Hubschrauber kam herangeschossen. Vier zivile Streifenwagen umzingelten den Transporter. Der Transporter wurde mit gezogenen Pistolen geöffnet. Darin lagen Wladimir M. und Peter Zschupp, aber sie waren tot. Ernst Zschupp brach zusammen.

In der Zwischenzeit fuhr die schwarze C-Klasse auf Münster zu. Der Hubschrauber hatte sie im Visier. Plötzlich bremste der

Wagen ab und fuhr an der B-58 rechts ab. Langsam fuhr der Wagen auf die Autobahnbrücke zu. Der Hubschrauber wartete ab, denn der Wagen war nun unter der Brücke. Dann beschleunigte die schwarze C-Klasse. Der Hubschrauber folgte. Nach vier Kilometern wurde die C-Klasse von den Kollegen aus Münster gestoppt. Der Wagen wurde eingekreist, die Beamten zogen ihre Waffen. Ängstlich stieg ein Mann aus dem Wagen und legte sich sofort auf den Boden. Er war Kurierfahrer und wurde gemietet. Einen Brief sollte er in Münster übergeben. Da er sonst nur Fahrradkurier ist, wurde der Wagen gestellt. Der Wagen war natürlich gestohlen. Im Brief stand: „Mit uns legt man sich besser nicht an!"

Zschupps C-Klasse stand unter der Brücke. Von dem Fahrer, sowie der Beute, fehlte natürlich jede Spur. Die Bande wird heute noch per Interpol gesucht. Mafiametoden eben.

"Der Nächste bitte!"

Spannende **Kurzgeschichten** für **unterwegs**

Renate Sültz & Uwe H. Sültz

Der nächste Krimi stammt aus dem Buch
"Spannende Kurzgeschichten für unterwegs"

Ein Toter wird reden

Inspektor Blake arbeitet schon lange im Stadtteil Kensington. Er hatte sich vor einigen Jahren hierher versetzen lassen. Vorher wohnte er in Waterloo-Bridge in London. Dass er nach Kensington versetzt wurde, war ihm nur recht. Irgendwie liebte er diesen Stadtteil, da hier viele Persönlichkeiten wie zum Beispiel Freddy Mercury oder Newton und auch die berühmte Schriftstellerin Virginia Woolf lebten. Kensington war sehr belebt, die Bevölkerung wuchs ständig. Aber auch die Kriminalität. Inspektor Henry Blake war im besten Alter und hatte noch einige Jahre zu arbeiten. Kein Problem, denn er liebte seinen Beruf. Da er keine Familie hatte, konnte er täglich Überstunden machen und sich gänzlich seinem Job widmen. Eine Heirat hatte er immer als Ballast empfunden. Dagegen war sein Assistent Tom Sidney glücklich verheiratet. Zwar kinderlos, aber das war ihm egal. Na ja, jedenfalls tat sich einiges in der Verbrecherbekämpfung. Die beiden Polizisten hatten alle Hände voll zu tun. Sie liebten ihren Job, obwohl es immer schwieriger wurde gegen dieses grausame Morden vorzugehen.

Am Morgen des 12. Dezember 1991, sie fuhren gerade durch den Stadtteil Streife, sprang das Funkgerät im umgebauten

Austin FX4 an. Der Wagen diente einst als Taxi. Tom Sidney und Henry Blake erschraken wie jedes Mal, wenn das schrille Dröhnen aus dem Gerät drang. „Dieses verdammte alte Ding, schimpfte Tom, da kriegt man ja einen Infarkt." „Hallo, Ihr zwei Gauner", hörte man am anderen Ende der Leitung eine angenehme Frauenstimme rufen! Henni war eigentlich schon in Rente, aber mit ihren 70 Lenzen noch geistig auf Zack. Die Firma riss sich um sie und Henni machte gerne ihren Job. Sie war froh, noch gebraucht zu werden. Gelassen sprach sie weiter mit ihrer noch recht jugendlichen Stimme: „In der Kings Road liegt ein Toter an einem Wasserhydranten, beeilt euch." „Klar

Henni, machen wir doch glatt, Süße", rief Blake durch das Mikrophon!" Sie rasten, was das Fahrwerk des alten Austin hergab, los. „Gibt es hier in dem verdammten Stadtteil auch mal Tage, an denen nicht gemordet wird!", rief Tom Sidney fast ungehalten. „Ich glaube kaum", stöhnte Henry. Am Tatort angekommen, sprangen sie aus dem Wagen und handelten schnell. Der Tote war etwa 1,80 groß, laut seinem Ausweis 75 Jahre alt. Er war außerdem sehr elegant gekleidet. Der alte Herr trug eine Melone, die wohl während des Falls etwas verrutschte und ihm schon fast lustig anzusehen, im Gesicht hing. Der Mantel, den er trug, war aus feinstem Kamelhaar gearbeitet. „Also wie man vermuten konnte, kein armer Mann", sagte Inspektor Henry Blake zu Tom Sidney. Justus Hoffmann, war ein deutscher Geschäftsmann, der vor Jahren nach London kam, um hier die Firma seines verstorbenen Bruders, samt seiner eigenen Firma weiterzuführen. Blake erfuhr am Telefon, dass Justus heimlich mit Waffen handelte und seine Geschäfte weit bis über den Globus bekannt waren. Er lebte schon lange in London – so erfuhr man – und machte hier unentdeckt seine Nebengeschäfte. Aber wer hatte Interesse ihn zu töten und warum? Vor allen Dingen, wie brachte man ihn um? Der Tote verbreitete einen recht unangenehmen

Gestank. „Eigentlich ungewöhnlich für einen gerade Ermordeten", sagte Tom. Sie riefen einen Leichenwagen. der den Toten sofort zur Untersuchung in die Obduktion brachte. Die Inspektoren fuhren zurück in ihr Büro und warteten auf Ergebnisse. Die Zeit verging und langsam wurde Henry unruhig. „Mann, das zieht sich heute aber wie Kaugummi hin. Möchte wissen was die alles untersuchen." Weitere Stunden später klingelte endlich das Telefon. Henry nahm den Hörer ab und wartete gespannt auf Informationen. „Reden sie schon Doktor, was haben sie herausgefunden?" Zunächst war Stille am anderen Ende der Leitung. „Tja, was soll ich sagen", sprach der Arzt von der

Leichenbeschauung. „Der Mann weist keinerlei Spuren eines Kampfes auf. Keine Einstichstellen, keine Würgemale, keine Einschusslöcher. Nichts." „Ja danke. Und wie soll es weiter gehen?" „Wir müssen solange suchen, bis wir wissen, wie er ums Leben kam, Inspektor. Das wird einige Zeit dauern, bitte noch Geduld." „Danke Doktor", antwortete Blake, „wir haben ja eh nichts zu tun. Bis die das von der Pathologie rausbekommen haben, ist die Leiche verfault", witzelte der Inspektor. Die Tage vergingen und nichts tat sich. Eines Morgens meldete sich Dr. Braun: „Hallo Leute, es kann weitergehen. Im Fall Opa 75 haben wir ein unglaubliches Ergebnis vorzuweisen." Inspektor Blake wurde ungeduldig: „Jetzt rücken sie endlich raus mit der Sprache, Doktor!" „Tja, wie soll ich es nur sagen? Es ist so", druckste der Arzt herum, „der Tote wurde quasi von innen in die Luft gejagt. Der Darm ist total zerfetzt. Die gesamten inneren Organe sind zerstört." „Anhand des Geruchs merkte man schon, dass etwas nicht stimmte", sagte Inspektor Sidney. „Aber wie sollen wir das verstehen?" „Es wurde ihm ein Zäpfchen verpasst, das mit einem Zeitzünder per Funk aktiviert wurde", sagte Braun, ein außerordentlich guter Pathologe. Aber hier verlor er fast den Verstand, denn er konnte nicht begreifen, wozu Menschen im Stande sind. Der Arzt erklärte weiter: „Es handelt sich hier um eine kleine Kapsel in der Form eines Zäpfchens, das mit hochaktivem Sprengstoff gefüllt war." „Und wer hat sie ihm in den Darm gesteckt?", fragte Henry Blake. „Ich werde hier meine Arbeit beenden", sagte der Arzt. „Mehr kann ich nicht tun."

Die Inspektoren hatten jetzt Arbeit vor sich. Blake und Sidney mussten draußen Luft holen, denn einen solchen abartigen Mord hatten sie noch nicht aufklären müssen. Mit welchen Leuten hatte Hoffmann zu tun gehabt? Wer war zuletzt bei ihm oder wo war er? Da er seit Jahren heimlich mit Waffen handelte, konnte man sich eigentlich denken, was dahinter stecken könnte. Sie durchsuchten seine Wohnung. Ein paar Telefonnummern und einige Zettel mit Namen waren die Ausbeute. „Warten Sie, Henry", sagte Tom, „Lassen Sie uns in den riesigen Schrank schauen, der in seinem Schlafzimmer steht." „Klar doch, hätte ich fast vergessen", antwortete sein Kollege. Als sie die riesige Tür öffneten, fiel ihnen ein Koffer aus den 1920'er Jahren auf. Tom ließ nicht locker und brach den verschlossenen Koffer auf. Bündelweise fielen ihnen die Geldscheine entgegen. Henry war nicht mal überrascht, denn in den Kreisen, in denen sich der Tote bewegte, wurde mit viel Geld gearbeitet. Waffenhandel musste schnell und mit

Barem bearbeitet werden. Henry Blake und Tom Sidney stöberten jetzt erst recht überall nach irgendwelchen Hinweisen, die zur Aufklärung des Mordes führen könnte. Sie nahmen alles auseinander, bis einer der beiden schließlich eine Liste mit Namen fand, die zwischen den Geldbündeln versteckt war. Sie schlossen alles hinter sich ab, und die eigentliche Arbeit begann für die Inspektoren in ihrem Büro. Sie durchleuchteten jede Person, bis sie auf einen Unternehmer stießen, mit dem sie nie gerechnet hätten. Niclas Dimitrius. Ein eigentlich unauffälliger Mann, der mit seiner Lebensmittelfirma weltweit bekannt war. Er verkaufte seine berühmten Dimitrius Brotaufstriche recht gut. Ein reicher Mann, der eigentlich mit seinem Leben zufrieden sein musste. Inspektor Blake ließ ihn auf Herz und Nieren überprüfen. Wie erwarten stellte sich heraus, dass Dimitrius mit Waffen handelte, wie Justus Hoffmann auch. „Aber was hatten sie gemeinsam?", sagte Tom. „Ist doch klar,", antwortete Blake, „sie handelten beide mit Waffen. Hoffmann besorgte sie, wenn die Nachfrage dafür da war. Justus war durch seine Geschäfte, aber auch mit den Geschäften des Waffenhandels gut bekannt. Das hatte ihn das Leben gekostet." Die Inspektoren forschten weiter. Es stellte sich heraus, dass Hoffmann auch im Drogenhandel kräftig mitmischte und ganz in den kriminellen Abgrund abgerutscht war. Er wurde von jemandem ermordet, der es arg nötig hatte. Henry Blake und Tom Sidney kamen zu der Überzeugung, dass dieser perverse Mord nur in der Drogenszene geschehen konnte. Tom sagte: „Wo sollen wir denn da suchen? Wo sollen wir anfangen?" Henry überlegte. „Lass' uns einmal versuchen, logisch die Sache aufzurollen. Das viele Geld. Wir müssen unbedingt noch einmal in die Wohnung.", sagte Inspektor Blake schon fast resigniert. Sie fuhren los, aber mit einem schlechten Gefühl im Magen. „Irgendwas erwartet uns noch, ich weiß aber nicht was es genau ist.", meinte Tom. „Dieser verfluchte Regen!", regte sich Henry auf. „Man sieht die Hand vor Augen nicht, und warum müssen heute alle gleichzeitig mit dem Auto fahren? Es ist einfach zum kotzen." „Aber Inspektor,", versuchte Tom ihn zu beruhigen, „die neuen Scheibenwischer liegen im Kofferraum, wir hätten dran denken müssen." An der Eigentumswohnung des Justus Hoffmann angekommen, ahnten die beiden schon etwas. Die Tür war angelehnt, das Siegel abgerissen. Vorsichtig traten sie ein. Da sie von Berufswegen Leisetreter waren, wenn sie in eine Wohnung gingen, hörte der Mann nicht, dass sie hinter ihm standen. Er war Anfang 30, völlig heruntergekommen und wühlte in den Unterlagen herum. „Bleiben sie still stehen und drehen sie sich langsam um, wenn sie ihre Waffe, sofern sie eine besitzen, fallengelassen haben!" Langsam, mit zitterndem Körper, drehte sich der Mann zu den Inspektoren um. Er nahm die Hände hoch und ließ sich bereitwillig untersuchen. „Wer sind sie?", fragte Tom leise. „Ich heiße Fred Bailys. Hoffmann hat mit versprochen, an Heroin zu kommen, ich brauche es dringend." „Wo waren sie vor zwei Wochen um 12.54 Uhr?", fragte Henry Blake. „Woher soll ich das denn jetzt noch wissen", zitterte der Mann herum. „Erinnern sie sich gefälligst, es geht hier um einen gemeinen Mord." Der Mann wirkte ängstlich und begann vorsichtig an zu reden: „Ich habe ihn nicht getötet, aber ich kann Ihnen andere Dinge erzählen, die Ihnen eventuell weiter helfen können. Ich lernte Hoffmann auf einer Wohltätigkeitsveranstaltung kennen. Hier in London natürlich. Ich wusste aber auch, dass dort insgeheim Geschäfte getätigt wurden, die nicht sauber waren. Hier wurde mit Millionen jongliert. Justus schmierte den jungen Leuten Honig ums Maul und verteilte kostenlos Kokainproben. Hinzu kam, dass auf diesen Veranstaltungen auch miese Waffengeschäfte abgehandelt wurden." „Kaum vorstellbar", sagten beide Inspektoren. „Aber warum sind sie hier eingebrochen?" „Die Tür war auf, da hat vor mir auch jemand versucht, es ihm heimzuzahlen", sagte Fred Baleys. „Hoffmann hat mich, wie auch viele andere, mit seinen Heroinproben abhängig gemacht. Er verteilte sie immer wieder an die Abhängigen, die dann schmutzige Arbeiten für ihn erledigen mussten. Ja, dieses Schwein hat mich zu einem Kriminellen gemacht. Ich hasse ihn. Ja, ich brauche Geld, viel Geld für Heroin und Kokain. Er hatte dieses Geld. Jeder wusste, dass er die Scheine Bündelweise in seiner Wohnung hortete. Ich wollte heute zu ihm und ihn um einen Kredit bitten, der ihm nicht wehgetan hätte. Als ich sah, dass die Tür offen stand, wollte ich mich selbstverständlich bedienen, ich gebe es zu. Selbst er hatte bei vielen

Geschäftsleuten Schulden. Er konnte zwar bezahlen, hatte es aber immer darauf ankommen lassen. Er gab im Ausland Waffenbestellungen für seine Kunden auf, die mittlerweile fast auf dem ganzen Globus verteilt waren. Waffen, die er in einem alten Lagerhaus am Hafen deponierte. Auch die Drogen versteckte er hier", sagte der Mann, der sein Zittern nicht mehr unter Kontrolle hatte. „Aber gerade, weil es um diese schmutzigen Geschäfte ging, hätte er besser aufpassen müssen. Immer wieder legte er es darauf an." Nachdem die Inspektoren dem Drogenkranken Mann erzählt hatten, wie Hoffmann starb, sagte dieser: „Wissen sie, sein Umfeld ist sehr groß gewesen,

da suchen Sie die Nadel im Heuhaufen."
Inspektor Blake entgegnete: „Sie haben
Recht, das wird im Sand verlaufen." „Wo
sollten wir anfangen zu suchen?", meinte
Tom. „Vermutlich müssten wir in
Russland, China und der Türkei suchen,
denn von dort hat Hoffmann die größten
Waffen- und Drogenlieferungen
bekommen. Wissen sie, Baleys, in ihrem
Fall werden wir ein Auge zudrücken, denn
wir haben keine Drogen bei Ihnen
gefunden." Die Inspektoren schlossen den
Fall als unlösbar ab. Außerdem war er
ihnen einige Nummern zu groß. Sie fuhren
mit dem alten Austin in ihr Büro und
schlossen die Akte Justus Hoffmann für
immer.

"Der Nächste bitte!"

Wir haben für Sie auch Tagebücher.
Hier das Diät-Ess-Abnehm-Tagebuch.

Die zweite Chance

Was bisher geschah: Die beiden Kriminalkommissare Frank Riller und Holger Dreier ermittelten im Fall der ermordeten Carola M., dessen Leiche im Hafenbecken von Marina Rünthe gefunden wurde. Sie war noch nicht volljährig und hatte ein Verhältnis mit dem verheiratetem Waffenhändler Peter Zschupp, der sie umbrachte. Peter Zschupp wurde entführt. Gegen ein Lösegeld und Waffen sollte der Vater von Peter Zschupp, Ernst Zschupp, seinen Sohn zurück erhalten. Die Übergabe fand statt, jedoch wurden Peter Zschupp, sowie der Vater der ermordeten Carola

M., Wladimir M., ebenfalls ermordet. Bei der Übergabe und der anschließenden Verfolgungsfahrt konnten die Mörder nicht gestellt werden. Für die Übergabe wurde der private Wagen von Ernst Zschupp benutzt. Von den Waffen, sowie dem Lösegeld, fehlte jede Spur.

...

„Herr Kollege Riller, diese Nachricht soll an sie weitergeleitet werden.", ertönte es aus dem Telefon. „Herrn Ernst Tschupp ist folgendes aufgefallen. Sein Autoradio spielte auf der ersten Speichertaste immer Klassik. Nun ist eine Frequenz auf UKW von 107 MHz gespeichert, die Herr Tschupp nicht einprogrammiert hat. Er fragt, ob dies wichtig sei.", so der Beamte weiter. „Das könnte von Bedeutung sein, aber ich weiß es nicht. Auf jeden Fall merke ich mir diese Aussage.", antwortete Frank Riller.

...

Wochen später erreichte die Werner Dienststelle eine Anfrage aus München. „Hier ist Kriminalkommissar Kiermayr aus München. Unser Computer spuckte die Info aus, dass eine Waffe aus dem Raum Werne bei uns als Tatwerkzeug benutzt wurde. Ich faxe mal die genauen Daten. Vielleicht können wir uns zügig kurzschließen." „Ich leite Ihre Anfrage weiter, Herr Kollege.", so der Beamte in der Dienststelle Werne.

Die Beamten Frank und Holger beschlossen, direkt nach München zu fahren und Kontakt mit dem Kollegen Kiermayr aufzunehmen. In der Münchner Dienststelle besprachen sie gemeinsam den Fall. „In der Beethoven-Straße wurde ein Juwelier überfallen. Er löste den Alarm aus. Bereits zum vierten Mal wurde er von diesen Männern überfallen. Sie stahlen Bargeld, Goldvorräte und Diamanten. Wir waren mit fünf Einsatzwagen schnell vor Ort. Es kam zum Schusswechsel. Ein Täter wurde vor Ort erschossen. Der andere wollte mit dem Juwelier als Geisel flüchten. Wir schossen auf die Reifen. Der Täter wollte zu Fuß flüchten. Wir stellten ihn. Dem Juwelier fiel auf, dass aus dem Autoradio der Befehl kam, dass der Täter in das Parkhaus fahren sollte.", sagte Franz Kiermayr. Frank Riller fragte sofort: „Wo steht das Tatfahrzeug? Ich möchte es sehen."

Kurze Zeit später konnte Frank Riller den Wagen untersuchen. „Wir haben uns alles gründlich vorgenommen.", sagte Franz Kiermayr. „Das glaube ich, aber ich möchte nur das Radio einschalten.", so Riller. Und weiter: „107 MHz, dachte ich es mir doch, wie im Mercedes von Herrn Zschupp." „Ist das von Bedeutung?", fragte Kiermayr. „Ja, ich habe mich schlau gemacht. UKW-Transmitter haben eine Reichweite von etwa zwei Metern. Sie sollen ja nur MP3-Musik auf einem Musik-Stick auf dem eigenen Autoradio übertragen. Illegale Transmitter arbeiten bis zu 300 Metern Entfernung. Lasst uns zum Tatort fahren.", schlug Frank Riller vor.

Am Tatort vor dem Juweliergeschäft angekommen, schaute sich Kriminalkommissar Frank Riller um. „Nur vor dem Geschäft gibt es Parkplätze. Davor und dahinter sowie auf der anderen Straßenseite darf nur gehalten werden. Wer vier Mal den Laden ausräumt, der kennt die Gewohnheiten des Juweliers. Ich schlage Wohnungsdurchsuchungen auf der gegenüberliegenden Seite vor."

Am nächsten Tag lag der Gerichtsbeschluss des Richters vor. Beamte der Dienststelle München gingen von Tür zu Tür. Es wurde befragt, durchsucht und nach Spuren gesucht. Drei Wohnungen standen leer. So schien es, denn der Hauseigentümer sprach von zwei Wohnungen. In der dritten Wohnung hingen dunkle, verrauchte Gardienen. Es öffnete niemand. Die Beamten verschafften sich Zutritt. Nun wurde die kleine Wohnung von der Spurensicherung zerlegt.

In der Zwischenzeit wollten die Beamten den gestellten Täter befragen. Bisher hatte er die Aussage verweigert. Er wurde von einem Star-Anwalt vertreten. Kriminalkommissar Riller fragte: „Ihr Name? Woher kommen Sie? Handeln Sie im Auftrag?" Keine Antwort. „Nun gut, wenn Sie es sich anders überlegen sollten, wir kommen wieder."

Nach drei Tagen kamen die Werner-Beamten wieder in die Münchner Dienststelle. In der Zwischenzeit waren sie im Museum und wurden von Franz Kiermayr privat eingeladen. „Es sind vor fünf Minuten Neuigkeiten eingegangen. Es gab diverse Fingerabdrücke. Einer ist ganz brisant. Er wird Ivan L. zugeordnet. Wir haben schon lange ein Auge auf ihn geworfen. Ihm wird Erpressung und Anstiftung zum Mord nachgesagt. Auch mit der Mafia soll er zu tun haben. Nur können wir ihm nichts nachweisen.", sagte Franz Kiermayr. „Das ist doch was!", rief Frank Riller. „Na klar, wie in Werne, Mafiametoden.", sagte Holger Dreier. Sie besuchten nochmals den inhaftierten Täter. Frank Riller wollte hoch pokern: „So mein Freund, nun wissen wir alles. Ihr Auftraggeber Ivan L. beschuldigt Sie ganz allein zu verschiedenen Morden, auch in Werne. Das war es dann wohl. Sie werden angeklagt, es gibt kein Entgegenkommen vom Gericht." „Ist da was möglich wenn ich rede?", sprach der Verhaftete in gebrochenem Deutsch. „Möglich. Wenn es relevant ist.", sagte Riller eher abweisend. „Nein, ich habe niemanden ermordet. Ich war nur Fahrer, auch in Werne… auch woanders noch. Ivan L. ist Boss in München, er zieht die Fäden. Er plant alles. Nach Werne hat er seinen Sohn geschickt. Der flog auf die Tochter von Wladimir… diese Schlampe Carola. Als Carola getötet wurde, rastete er aus und erschoss diesen Waffenhändler Tschupp. Dann kam es zum Streit zwischen Wladimir und ihm, er erschoss ihn auch. Ich will wieder Freiheit, ich will zurück in mein Land. Ich habe niemanden ermordet. Bitte helfen Sie mir.", flehte der

Verhaftete. „Und warum wurde Carola ermordet?", wollte Frank Riller noch wissen. „Sie wollte Zschupp zur Scheidung zwingen.", flüsterte Emil H..

„Tja,", sagte Holger Dreier, „der Riller schnappt sich immer den Killer.

Der nächste Krimi stammt aus dem Buch
"Neue spannende Kurzgeschichten für unterwegs"

Geräusche, Achtung Aufnahme!

Cliff Tendays ist erfolgreicher Musikproduzent. Eigentlich war sein Name Piotr Berdenga, aber wer sollte sich diesen Namen in Chicago einprägen. Auch heute ist sein Musikstudio wieder ausgebucht. Hank übernimmt das Mischpult. Aus den Anfangszeiten ist nur noch das rote Hinweisschild mit der Aufschrift: ACHTUNG AUFNAHME übriggeblieben, sowie der dazugehörige Schalter, damit es hell aufleuchtete.

Cliff sitzt im Büro... im Nebenraum, wird geprobt. Hören kann man nichts, alles ist gut isoliert. Die Eierkartons, die Cliff in den Anfängen einer Schallisolierung an die

Wände klebte, sind längst ausgetauscht. In der Zeitung liest Cliff das Dan Bricks aus der Haft entlassen wird. Ein Schauer fegt den Musik-Produzenten über dem Rücken. Er erinnert sich, es war dieses heruntergekommene Haus. Nun ist es ja renoviert. Aber Erinnerungen bleiben eben. Cliff war damals auf Namensuche und nach einem Musikstil, der zu ihm passte. Viele Aufnahmen stellte er her. Cliff spielte alle Instrumente selbst. Mischte sie auf dem damals neuen Mischpult ab. Es war sein ganzer Stolz. Er brachte es aus Paris mit. Die dritte Etage mietete Cliff. Die zweite ein älteres gehörloses Ehepaar. In der ersten Etage wohnte der Vermieter. In der Etage über Cliff hatte er nie jemanden gesehen.

„Dance with Dean" sollte sein großer Hit werden. Viele Probeaufnahmen waren schon auf Band. Für das Plattencover engagierte Cliff einen jungen Studenten mit einem Traumbody. Das sollte anlocken. Heute endlich... die finale Aufnahme. Alles klappte perfekt. Aufnahme, Abwicklung, Kontrolle. Aber was war da für ein Geräusch? Cliff ärgerte sich. Alles schien perfekt. Aufnahme, Abmischung, Kontrolle. Was war da für ein Geräusch?

Nun gut, also noch einmal und wieder diese Geräusche. Als gelernter Tonmischer kontrollierte er jede einzelne

Tonspur. Da war es. Leise, aber eben als Störgeräusch zu hören. Er verstärkte das Signal mehr und mehr. Jetzt war ein klägliches Jammern zu hören. „Helft mir, bitte!" Wie sollte dieses Geräusch durch die schallisolierten Wände dringen? Technisch unmöglich, so meint es Cliff. An Mystik oder andere Phänomene glaubt der Tontechniker nicht. Er blieb logisch denkend. Das Geräusch war sauber analysiert. Nun stellte Cliff seine Mikrophone im ganzen Raum auf. Er richtete sie auf alle Wände, den Boden und die Decke. Treffer. Von oben kamen die Hilferufe. Er rief die Polizei. Sie brachen die Tür der oberen Etage auf und fanden eine junge Frau. Sie wurde gefangen gehalten und misshandelt. Mit einer Gabel kratzte sie den Fußboden auf, legte den Teppich drüber, wenn ihr Peiniger zu ihr kam. Sie war am Fuß angekettet kam nicht bis zur Tür und nicht zum Fenster. Mit einem Stahldraht am Hals bekam sie zwar Luft, aber konnte nicht um Hilfe rufen. Heute war endlich der Tag, an dem sie den Holzfußboden durch hatte. Es war ein kleines Loch. Man hätte sie viel eher hören können, aber die Schalldämmung verhinderte es. Dan Bricks, wurde verhaftet. Cliff hatte mit dem Musikstück Erfolg. Zehn Tage war es in Amerika auf Platz 1. Die junge Frau, die wir hier nicht nennen wollen, besucht Cliff einmal im Jahr.

"Der Nächste bitte!"

Wir haben für Sie auch Tagebücher.
Hier das Ernährungstagebuch.

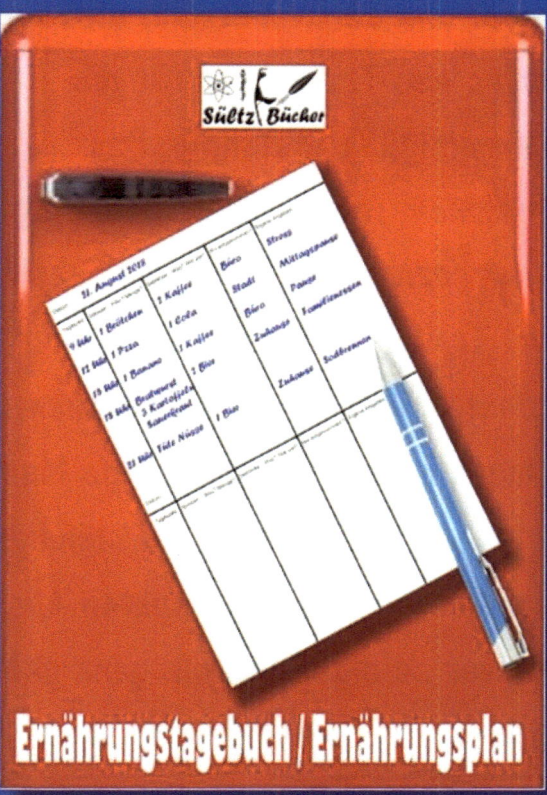

Ernährungstagebuch / Ernährungsplan

Die Angst ging um

London 2016.

Es regnet und der Nebel hüllt diese Stadt gnadenlos ein. Traver war für die Straßenreinigung zuständig. Das Unternehmen, welches ihn beschäftigte, war sehr sozial eingestellt und bezahlte ihn gut. Traver Stone war ein junger Mann und konnte jeden Penny gebrauchen. Aber nicht nur am Tage war der junge Mann für die Reinigung der Straßen zu ständig, sondern oft auch noch am späten Abend. Traver war es eigentlich nie ganz geheuer im Dunklen die Straßen zu reinigen. Zu viele dunkle Gestalten trieben sich herum. Sobald es finster wurde kamen sie aus ihren Verstecken und wickelten ihre miesen Geschäfte ab. An diesem Abend, es war schon nach 22 Uhr, musste Traver noch einmal los um einige verwinkelte Straßenzüge zu reinigen. Dieses Mal hatte er ein sehr komisches Gefühl. Er konnte nicht erklären warum, aber er hatte Angst. Es war schon nach 23 Uhr am Abend als der junge Mann endlich Feierabend machen konnte. Gerade wollte Traver Stone in seinen Wagen steigen, da durchführ ihn ein markerschütternder Schrei. Es hörte sich nach einer Frau an. Es war neblig und weit und breit sah man nichts. Noch einmal ertönte dieser Schrei aber dieses Mal nicht mehr so laut. Traver Stone rief die Polizei mit seinem Handy an. Inspektor Gregor Hopper nahm das Gespräch an. „Hopper am Apparat, wer spricht da bitte?", fragte der Kommissar. Hopper war übermüdet und wollte eigentlich schon Schluss machen. Traver Stone antwortete mit zittriger Stimme: „Ich möchte etwas melden, was mich sehr beunruhigt. Ich war gerade mit der Reinigung der Straßen fertig, als ich vor ca. 10 Minuten einen furchtbaren Schrei vernahm." Weiter sagte er: „Es konnte nur von einer Frau sein." Hopper antwortete: „Aber das doch noch nichts Schlimmes denke ich." „ Es war für mich schlimm genug und ich möchte fast mit Sicherheit behaupten, dass da ein paar Straßen weiter etwas Schreckliches geschehen ist.", sagte der junge Mann. „Gut, in ein paar Minuten sind wir bei ihnen, machen sie sich keine Gedanken.", meinte der Kommissar beruhigend. „Wir werden uns das Viertel mal genau ansehen.", fügte Gregor hinzu. Traver Stone wartete in seinem Auto auf die Kriminalbeamten. Es war schon recht dunkel und es gab recht wenige Laternen in dieser Gegend. Traver erschrak, als neben ihm ein altes Taxi anhielt. Kommissar Hopper und seine Assistentin Anne Simpson stiegen aus. „Hallo, sind sie Traver Stone?", fragte Anne." Ja, der bin ich.", antwortete Traver. Er erzählte den Beamten noch einmal, was er gehört hatte. Er sagte: „Dieser Schrei war so entsetzlich, da muss doch was geschehen sein." Gregor Hopper und Anne Simpson machten sich auf den Weg. Sie wollten erst zu Fuß ein paar Straßen abgehen. Nur so konnten sie auch verwinkelte Ecken und dunkle Türeingänge ausfindig machen. „Traver, sie können schon nach Hause fahren, wir werden sie benachrichtigen, wenn wir etwas wissen.", sagte Anne Simpson. Traver Stone hatte für heute genug und wusste genau, dass er in dieser Nacht kein Auge zu tun würde. Die kleine Seitenstraße war sehr schmal. Ein Haus reihte sich an das Nächste. Die Bauten waren schon recht alt und konnten sogar den Beamten Angst einflößen. Den Kommissaren wurde klar, dass man hier problemlos und unbeobachtet einen Menschen umbringen konnte. Unermüdlich durchsuchten sie jeden Winkel und stießen auf eine Blutspur, die sie auch schnell zu dem Opfer führte. Eine junge Frau lag auf dem Bauch. Ihre verkrampften Gliedmaßen deuteten auf einen Todeskampf hin. Kommissar Hopper rief die Spurensicherung an. „Also hatte Traver Stone doch Schreie gehört aber wir werden ihm noch nichts davon sagen.", sagte Anne. Die Kommissare machten sich auf den Weg ins Büro, denn sie wussten, dass es einen lange Nacht wird. Ein paar Tage später trudelte das Ergebnis der Pathologie ein. Die Untersuchung ergab, dass die Tote zwischen 20 und 25 Jahre alt war. Außerdem war sie drogenabhängig. Ihr Körper war vollgepumpt davon. Doch daran starb sie nicht. Sie wurde hinterrücks erschossen, nachdem der Täter von ihr verlangte, dass sie sich ausziehen sollte. „Warum nur immer wieder so junge Menschen auf die schiefe Bahn geraten, verstehe ich nicht.", sagte Gregor Hopper. Um etwas Näheres herauszubekommen, mussten sie wahrscheinlich tiefer in die Drogenszene eindringen. An diesem Morgen flatterte eine Vermisstenanzeige auf Hoppers Schreibtisch. Sofort machten sich die Kommissare auf den Weg um den Eltern die traurige Nachricht zu bringen und eventuell noch mehr zu erfahren, was den Tod des Mädchens betraf. Dort angekommen, schellten sie vorsichtig an der Tür. Die Kommissare stellten sich vor und sprachen in einem leisen Ton: „Frau Höpfner, wir glauben ihre Tochter gefunden zu haben. Leider müssen wir ihnen sagen, dass wir sie vor ein paar Tagen tot aufgefunden haben.", sagte Anne Simpson. Frau Höpfner brach zusammen und beruhigte sich erst wieder als der Notarzt ihr eine Spritze gab. Dann erzählte die Frau mit gebrochener Stimme: „Ja, sie befand sich stets in schlechter Gesellschaft und Drogen nahm sie, dass wusste ich. Aber sie wollte sich von mir nichts sagen lassen." „Hatte sie

Freunde oder Bekannte, die uns dazu etwas sagen könnten?", fragte Gregor. Frau Höpfner antwortete sehr schwerfällig, denn die Spritze tat ihre Wirkung: „Ach, wissen sie Herr Kommissar, ich tat alles Mögliche um sie aus diesem Menschenkreis herauszuhalten, doch anscheinend steckte sie schon so tief drin, dass sie nichts mehr machen konnte." „Wir möchten sie trotzdem bitten mitzukommen, sie müssen ihre Tochter identifizieren.", sagte Anne Simpson. Schweren Herzens stieg Frau Höpfner in das alte Taxi, welches den Kommissaren als Firmenwagen diente. Noch einmal konnte sie ihre Tochter sehen und musste sich gleichzeitig von ihr verabschieden. Die Drogenunterwelt war riesig, wo sollten sie da anfangen zu suchen? Doch der Zufall ließ nicht lange auf sich warten. „Guten Morgen.", sagte eine Stimme. Siegrid Schäfer drückte vorsichtig die Tür des Kommissariats auf und stellte sich vor. „Nehmen sie doch Platz.", sagte Anne. Die Frau setzte sich und begann zu erzählen: „Marlies Höpfner war eine gute Freundin von mir und ich wusste wohl, dass sie in den Drogensumpf abgedriftet war. Nur helfen konnte auch ich ihr nicht mehr. Mit Zuhältern hatte sie auch viel zu tun. Von denen wurde sie gefügig gemacht, damit sie auf den Strich ging.", sprach sie weiter. „Sie musste alles abgeben und kassierte sogar noch

Schläge dafür.", sagte Frau Schäfer. Sie erzählte weiter: „Ich hätte zur Polizei gehen müssen, aber ich hatte furchtbare Angst, denn sie warteten förmlich auf einen Fehler von mir." „Ja vielen Dank für ihre Aussage, wir warten erst mal den Befund der Kugel ab, die sie im Rücken hatte. Sie durchschlug direkt ihr Herz.", sagte der Kommissar. Später im Bericht stand, dass die Kugel zu einer speziellen Waffe gehörte. Diese Waffe wurde am 18. August 2000 in London gekauft. Der Ladenbesitzer hatte ein Bild des Käufers machen können, da er überall Kameras aufgestellt hatte. „Jedenfalls sind wir ein Stück weiter gekommen.", meinte Gregor. Wenig später wurde mit der gleichen

Waffe ein zweiter Mord begangen. Das Fahndungsbild und die Suche nach dem Mörder zeigten Wirkung. Es dauerte nicht lange, bis sie den Mörder festsetzen konnten. „Nur traurig, dass es noch jemanden erwischen musste, wir waren nicht schnell genug.", meinte Anne. „Sieh' es positiv, Anne, ohne das Fahndungsbild hätte es noch weitere Opfer gegeben.", sagte Gregor.

"Der Nächste bitte!"

Wir haben für Sie auch Tagebücher.
Hier das Blutdrucktagebuch.

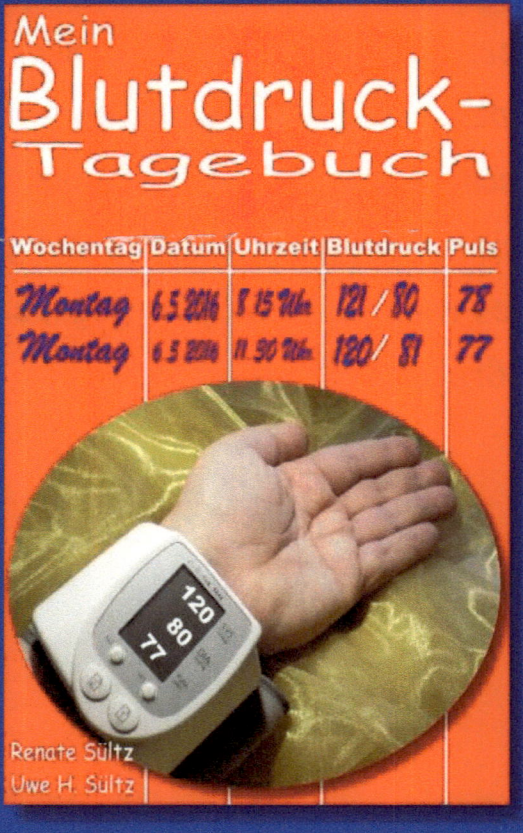